# A Febre do Futebol

## Football Frenzy

### Jonny Zucker

Traduzido por
Translated by
Jorge M. Machado

# Other Badger Portuguese-English Books

Rex Jones:

| Perseguição Mortífera | Chase of Death | *Jonny Zucker* |
| A Febre do Futebol | Football Frenzy | *Jonny Zucker* |

Full Flight:

| O Grande Irmão na Escola | Big Brother at School | *Jillian Powell* |
| O Planeta do Monstro | Monster Planet | *David Orme* |
| Mistério no México | Mystery in Mexico | *Jane West* |
| A Miúda da Pedra | Rock Chick | *Jillian Powell* |

First Flight:

| A Ilha da Barbatana de Tubarão | Shark's Fin Island | *Jane West* |
| Ciclistas dos Céus | Sky Bikers | *Tony Norman* |

Badger Publishing Limited
15 Wedgwood Gate, Pin Green Industrial Estate, Stevenage, Hertfordshire SG1 4SU
Telephone: 01438 356907. Fax: 01438 747015.
www.badger-publishing.co.uk
enquiries@badger-publishing.co.uk

A Febre do Futebol
*Portuguese-English* ISBN 978 1 84691 749 3

Publisher: David Jamieson
Editor: Danny Pearson
Design: Fiona Grant
Cover illustration: Andy Parker
Illustration: Enzo Troiano
Translation: Jorge M Machado
Printed and bound in China through Colorcraft Ltd., Hong Kong

# A Febre do Futebol

## Football Frenzy

# Como tudo começou...

O Rex Jones tem um novo telemóvel. Tinha-o visto numa revista. Na loja onde o comprou, já só restava um. Mas, ao contrário do que vira, este tinha dois botões a mais: um verde, onde se lia **EXPLORAR** e um vermelho, que dizia **REGRESSAR**. O vendedor disse-lhe que nenhum outro telefone tinha os mesmos botões.

A princípio, o telefone funcionou na perfeição e o Rex esqueceu-se dos botões extraordinários. Mas um dia ouviu um zumbido estranho, emitido pelo telefone. Ao olhar para ele, viu o botão **EXPLORAR** a piscar. Premiu-o e subitamente encontrou-se num mundo de aventuras incríveis. As aventuras só podem terminar quando o telefone volta a tocar e se prime o botão vermelho que diz **REGRESSAR**.

Às vezes o Rex parte para a aventura com os seus melhores amigos, o Carl e o Dave. Noutras alturas, fica por sua conta. Pelo caminho, o Rex enfrenta o medo, o perigo e a morte.

O Rex mostrar-se-á capaz, ou sofrerá um destino terrível?

# How it started...

Fifteen-year-old Rex Jones has got a new mobile phone. He'd seen it in a magazine. The shop where he bought it had only one left. But, unlike the one in the magazine, this phone had two extra buttons – a green one marked **EXPLORE** and a red one marked **RETURN**. The man in the shop said that none of the other phones had these buttons.

The phone works fine at first and Rex forgets about the extra buttons. But, one day, he hears the phone making a strange buzzing sound. When he looks at it, the green **EXPLORE** button is flashing. He presses it and suddenly finds himself in an incredible dream world of adventures. Each adventure can only be ended when the phone buzzes again and the flashing red **RETURN** button is pressed.

Sometimes Rex has these adventures with his best mates, Carl and Dave. But other times he's by himself. On the way, Rex faces fear, danger and death.

Is Rex up to it or does he face a terrible fate?

# 1 No Túnel

O Rex, o Carl e o Dave estavam sentados num banco dos balneários. Era o intervalo dum desafio de futebol na escola. A escola deles estava a perder por um a zero.

"Vocês não prestaram para nada," gritou-lhes o Sr. Hill, o treinador. "Na segunda parte, têm de se esforçar muito, muito mais."

Nesse momento o botão verde do telemóvel do Rex, que diz **EXPLORAR**, acendeu-se. Ele tirou-o do seu casaco.

"Vai em frente," disse o Carl.

O Rex premiu o botão.

Houve um clarão de luz branca e, de repente, os rapazes viram-se num túnel, alinhados em duas filas com montes de futebolistas.

O Rex, o Carl e o Dave, mais o resto da sua equipa, usavam o equipamento azul do City. A outra equipa envergava o branco do United.

# 1 In the tunnel

Rex, Carl and Dave sat on a bench in the changing room. It was half time in a school football match. Their school was losing one nil.

"You were rubbish," their coach, Mr Hill, shouted at the team. "In the second half, you need to work much, much harder."

At that second, the green **EXPLORE** button on Rex's mobile lit up. He pulled it out of his jacket.

"Go for it," said Carl.

Rex pressed the button.

There was a flash of white light and, next thing, the boys found themselves in a tunnel lining up in two lines with lots of other footballers.

Rex, Carl and Dave and the rest of their team were in the blue kit of City. The other team were wearing the white of United.

7

"É o último jogo da temporada," sussurrou o Rex.

"E nós jogamos pelo City!" Disse o Carl.

"Este é o jogo mais importante do ano," disse o Dave.

"Pois é," acenou o Rex. "Se o City ganhar, mantém a posição," disse o Dave.

"Mas se o City perder ou empatar," disse o Rex, "vai descer."

O Rex estava prestes a dizer algo quando uma voz áspera entoou o seu nome.

"It's the last game of the season," whispered Rex.

"And we're playing for City!" said Carl.

"This is the biggest game of the year," said Dave.

"Yeah," nodded Rex. "If City win, they stay up," said Dave.

"But if City lose or draw," said Rex, "they go down."

Rex was about to say something else when a harsh voice called his name.

# 2 Pressão do Parker

O avançado esquerdo e capitão do United, Steve Parker, aproximou-se do Rex.

O Rex nunca gostara do estilo de jogo do Steve. Atirava-se constantemente ao chão dentro da área e fazia queixinhas aos árbitros.

# 2 Parker hassle

United's left winger and captain, Steve Parker, walked over to Rex.

Rex had never liked the way Steve played. He was always diving in the penalty area and moaning at referees.

"Ouvi dizer que hoje jogas à direita," disse o Steve.

"Ai jogo?" Perguntou o Rex.

"Não te faças de engraçadinho," disse o Steve.

O Rex pretendia dizer que não sabia realmente onde ia jogar, mas o Steve estava mesmo em cima dele.

"Nem penses em jogar bem," sussurrou o Steve.

"Ou então?" Perguntou o Rex.

"Ou então ficas sem pernas depois do jogo."

O Rex devolveu o olhar ao Steve. "Não me assustas," disse ele. "A melhor equipa há-de manter a posição cimeira."

"Não me parece," disse o Steve, aproximando-se ainda mais do Rex. "Vão perder o jogo e o City vai descer na classificação."

"I hear you're playing on the right today," Steve said.

"Am I?" asked Rex.

"Stop trying to be funny," said Steve.

Rex wanted to say he really didn't know where he was playing, but Steve was in his face again.

"Don't even think about playing well," whispered Steve.

"Or what?" asked Rex.

"Or you won't have any legs after the game."

Rex stared back at Steve. "You don't scare me," he said. "The best team will stay up."

"I don't think so," said Steve, moving closer to Rex. "You're going to lose this game and City will be going down."

# 3 Pontapé de Saída

O árbitro chamou as duas equipas e estas atravessaram o túnel em direcção à luz do sol. Ouviram a saudação estrondosa de sessenta mil adeptos a apoiá-los.

Havia câmaras a seguir todos os seus movimentos. Os fotógrafos tiravam fotografias freneticamente.

"Os dois capitães que se aproximem, por favor." Era o árbitro que os chamava.

"Vai tu, Rex," disseram alguns jogadores do City.

O Rex saltitou até ao meio-campo. O Steve Parker já lá estava.

O Steve fez-lhe uma careta.

"Cumprimentem-se, rapazes," disse o árbitro.

O Rex estendeu a mão. O Steve olhou para ela como se fosse veneno. Apertou rapidamente a mão do Rex.

# 3 Kick off

The referee called the two teams and they began to walk down the tunnel and out into the sunlight. They were greeted by the incredible sound of sixty thousand cheering fans.

Cameras followed their every move. Photographers clicked their cameras wildly.

"Can I have the two captains, please," called the referee.

"Go on, Rex," a couple of City players called.

Rex trotted to the centre circle. Steve Parker was already there.

Steve scowled at him.

"Shake hands, lads," said the ref.

Rex held out his hand. Steve looked at it as if it was poison. He shook Rex's hand quickly.

"Cara ou coroa, Steve?" Perguntou o árbitro, mostrando uma moeda.

"Coroa," disse o Steve.

O árbitro atirou a moeda ao ar. Saiu coroa.

O Steve sorriu. "Vamos ser nós a dar o pontapé de saída," disse ele.

"Heads or tails, Steve?" asked the ref, pulling out a coin.

"Tails," said Steve.

The ref tossed the coin in the air. It was tails.

Steve smiled. "We'll kick off," he said.

# 4 Inferno ao Meio-Tempo

O jogo estava a ser agitado. Os jogadores estavam bastante excitados e as placagens eram duras. Cinco minutos antes do intervalo, a bola voou para a área do United. O Steve Parker tentou pregar uma rasteira ao Carl, mas este atirou-se para a frente e cabeceou a bola. Esta foi aterrar bem fundo na baliza do United. Os jogadores do City bradaram de alegria e atiraram-se em catadupa para cima do Carl.

Os adeptos do City estavam delirantes.

"Grande golo!" gritou o Rex, dando ao Carl uma palmada nas costas.

Um minuto mais tarde, o Rex tomou posse da bola na ala direita e dirigiu-se a correr para a bandeira de canto.

# 4 Half time hell

The game was fast moving. The players were well fired up and the tackles were hard. Five minutes before half time, the ball flew into the United penalty area. Steve Parker tried to trip Carl up, but Carl dived forward and headed the ball. It crashed into the back of the United net. The City players yelled with joy and piled onto Carl.

The City fans went crazy.

"Great goal!" yelled Rex, slapping Carl on the back.

A minute later, Rex picked up the ball on the right wing and started running towards the corner flag.

Mas ouviu estrondosas passadas, vindas de lado nenhum, que se acercavam dele, e o Steve Parker atirou-o ao chão. O árbitro não viu nada.

O pé direito do Rex doía como o diabo.
"Desculpa lá, Jones," disse o Parker, "os acidentes acontecem."
O Rex levantou-se. Não ia deixar o Parker irritá-lo.

A seguir, momentos antes do intervalo, o guarda-redes do City, Mick Ronson, saltou para agarrar uma bola de canto do United, mas esta deslizou-lhe por entre os dedos. A bola rolou preguiçosamente para junto dum avançado do United, que a chutou para a baliza.

Foi terrível sofrer um golo assim.

Enquanto o Mick recolhia a bola do fundo da rede, o árbitro assinalava o meio-tempo.

Os jogadores do City dirigiram-se para o balneário.
O treinador do City, Kevin Talbot, berrava com o Mick.

But, out of nowhere, he heard footsteps thundering towards him and Steve Parker clattered him to the ground. The ref didn't see it.

Rex's right foot hurt like hell. "Sorry Jones," said Parker, "accidents happen." Rex stood up. He wasn't going to let Parker get to him.

Then, just before half time, the City keeper, Mick Ronson, jumped up to grab the ball from a United corner, but the ball slipped through his fingers. The ball wobbled to a United forward who tapped it in.

It was a terrible goal to give away.

As Mick picked the ball up out of the back of the net, the ref blew for half time.

The City players headed for the changing room. The City Manager, Kevin Talbot, screamed at Mick.

"Deixe-o em paz!" Disse o Rex. "Toda a gente comete erros."

"Não se meta nisto, Jones," silvou o treinador. "Pode ser o capitão da equipa, mas eu sou o treinador."

"Foi um erro," respondeu o Rex. "Toda a gente comete erros."

Talbot olhou para o Rex com espanto. Nunca lhe haviam falado assim.

"Leave him!" said Rex. "We all make mistakes."

"Keep your nose out of this, Jones," hissed Talbot. "You may be the team captain but I'm the manager."

"It was a mistake," Rex replied. "We all make mistakes."

Talbot looked at Rex in amazement. No one had ever spoken to him like that before.

# 5 O Golo do Rex

Durante meia hora, a segunda parte do jogo foi mesmo renhida.
O City chutou ao poste duas vezes e o United quase marcou golo num livre.

A quinze minutos do fim, o Carl passou a bola ao Rex. O Rex fintou a correr dois jogadores do United. Ainda deixou para trás um terceiro. A multidão gritava.

Foi então que o Rex viu o Steve Parker pelo canto do olho.

O Steve avançava agressivamente sobre ele. O Rex percebeu que seria gravemente lesionado se o Steve o apanhasse.

# 5 Rex's goal

For half an hour, the second half was real end-to-end stuff. City hit the bar twice and United nearly scored with a free kick.

With fifteen minutes to go, Carl passed the ball to Rex. Rex ran past two United players. He went round a third. The crowd were screaming.

But that was when Rex saw Steve Parker out of the corner of his eye.

Steve was lunging forward towards him. Rex could see that, if Steve got him, he'd get badly injured.

Por isso, saltou o mais alto que pôde.

O corpo do Steve escorregou pelo relvado, sob o corpo do Rex. O Steve foi-se espetar numa das enormes placas publicitárias. O seu corpo atingiu a placa com um som seco.

O Steve gritou de dor.

"Oh, céus, Parker," exclamou o Rex, "os acidentes acontecem."

O árbitro acorreu ao Steve, que se levantava, e exibiu um cartão amarelo.

"Por que me mostra o cartão?" Gritou o Steve.

"Tenho os olhos postos em si toda a tarde," disse o árbitro. "Você faz jogo sujo, Parker – é um batoteiro."

So Rex jumped in the air as high as he could.

Steve's body skimmed along the grass under Rex's body. Steve went flying into one of the huge advertising boards. His body hit it with a thwack.

Steve yelled out in pain.

"Oh dear, Parker," Rex called out, "accidents happen."

The ref ran over as Steve got to his feet and held up a yellow card.

"What's that for?" shouted Steve.

"I've had my eye on you all afternoon," said the ref. "You're a dirty player, Parker - a cheat."

"Expulsem o Parker!" Exigiam os fãs do City. O Steve olhou para eles e cuspiu no chão.

O Dave foi rápido a aproveitar o livre. A bola alcançou o Carl. Este fintou um jogador do United e passou a bola ao Rex.

O Rex estava a quase trinta metros da baliza.
Ergueu o olhar para o guarda-redes do United, que se postava mesmo à boca da baliza.
O Rex disparou.

A bola irrompeu pelo ar. Por um segundo, parecia que ia falhar, mas descreveu uma curva e encontrou um nicho entre o guarda-redes do United e o poste.

"Send Parker off!" yelled the City fans. Steve looked up at them and spat on the ground.

Dave took the free kick quickly. The ball reached Carl. He ran past a United player and passed the ball to Rex.

Rex was thirty yards away from the goal. He looked up and saw the United keeper standing just off his line. So Rex shot.

The ball hurtled through the air. For a second it seemed like it was going to miss, but it curved back and squeezed between the United keeper and the post.

Foi um golo soberbo.

Os fãs do City clamavam, deleitados.

It was a superb goal.

The City fans yelled with delight.

# 6 Os Segundos Decisivos

O Rex olhou para o relógio gigante do estádio. Só faltava um minuto.

"Vamos lá, rapazes," gritava o Rex. "Mais um minuto e temos isto no papo."

Mas no mesmo momento um jogador do United lançou a bola para a pequena área.

O Mick Ronson saltou e defendeu a bola com a mão, mas ao fazê-lo caiu por terra.

A bola girou pelo ar e parou aos pés do Steve Parker.

# 6 The dying seconds

Rex looked up at the giant clock in the stadium. There was only one minute to go.

"Come on lads," yelled Rex. "One more minute and we're safe."

But, at that second, a United player lobbed the ball into the penalty area.

Mick Ronson jumped up and punched it away but, as he did this, he fell to the ground.

The ball spun in the air and landed at Steve Parker's feet. Rex knew he had to act fast.

O Mick ainda se encontrava caído.

O Steve Parker alçou o pé para trás e ia pontapear a bola.

O Rex percebeu que tinha de agir depressa. Ouviu o som do impacto entre a chuteira do Steve e a bola. O Rex mergulhou para a frente. A forma difusa da bola aproximava-se velozmente enquanto ele voava pelo ar.

A bola colidiu com o seu pé esquerdo e continuou em direcção à baliza.
Em vez de se desviar a bola, esta passava direitinha por cima do Mick.

"NÃO!" clamou o Rex. Fechou os olhos. Tinha de ser autogolo. A pontuação ficaria a 2-2 e o City desceria de posição.

Ele tinha estragado a vida ao City.

Mick was still on the ground.

Steve Parker pulled his foot back to kick the ball.

Rex heard the thud of the ball as Steve's boot made contact with it. He dived forward. The blur of the ball raced towards him as he flew through the air.

The ball smashed into his left foot and sailed towards the goal. Instead of getting the ball away, it was going straight over Mick.

"NO!" cried Rex. He closed his eyes. It had to be an own goal. It would be 2-2 and City would go down.

He'd ruined it for City.

# 7 Expulso

O Rex jazia no chão, a cara enterrada na lama. Sentia-se terrivelmente mal.

Mas subitamente sentiu uma palmada nas costas. Depois outra. E outra. Ouviu o Carl e o Dave e o resto dos jogadores do City a rir e falar em alta voz.

Abriu os olhos. A bola estava por trás da baliza. O seu pé tinha desviado a trajectória da bola, que passara por cima do poste.

O resultado ainda era 2-1, o City a ganhar.

O Rex levantou-se.


# 7 Booted

Rex lay on the ground, his face in the mud. He felt terrible.

But suddenly he felt a pat on his back. Then another. And another. He heard Carl and Dave and the rest of the City players shouting and laughing.

He opened his eyes. The ball was behind the goal. His foot had directed Parker's shot over the bar.

It was still 2-1 to City.

Rex got to his feet.

O Steve Parker estava furioso. Todos os jogadores do United berravam com ele. "Falhaste um golo impossível de perder, Parker!" Gritou um deles. "Não nos vamos esquecer disto!"

O Parker agarrou a bola e chutou-a para o meio da multidão.

O árbitro apressou-se a tirar o cartão vermelho do bolso e mostrou-o ao Parker.

"Tem sorte em ter durado tanto tempo," disse o árbitro, irritado, "e com esta expulsão vai ficar de fora dos primeiros três jogos da próxima temporada."

O Steve mostrou uma careta ao árbitro e saiu do campo, enojado.

Steve Parker looked furious. All of the United players were shouting at him. "You missed an open goal, Parker!" one of them yelled. "We won't forget this!"

Parker grabbed the ball and kicked it high into the crowd. The ref quickly reached into his pocket and showed Parker the red card.

"You're lucky you've lasted this long," snapped the ref, "and this sending off means you'll miss the first three games of next season."

Steve scowled at the ref and walked off the pitch in disgust.

# 8 Salva-se o City

Atirou-se uma nova bola para o campo, vinda detrás da baliza do Mick. O Mick levantou-se e coxeou até à bola.

"Eu encarrego-me do pontapé de baliza," gritou o Rex.

"Despache-se!" Berrou o árbitro. "Já só restam trinta segundos!"

Que importam os trinta segundos, pensou o Rex, chutando a bola bem alto, eu podia jogar durante trinta anos!

Quando o árbitro soprou o seu apito para assinalar o fim da partida, o Rex e os jogadores do City correram para junto dos adeptos. Estes dançavam e cantavam. E entoavam o nome do Rex. Graças ao Rex, o City não ia descer de posição.

# 8 City saved

A new ball was thrown onto the pitch from behind Mick's goal. Mick stood up and limped over to it.

"I'll take the goal kick," shouted Rex.

"Get on with it!" shouted the referee. "There's thirty seconds left!"

Forget thirty seconds, thought Rex as he booted the ball high in the air, I could play for thirty years!

As the ref blew his whistle for the end of the game, Rex and the City players ran over to their fans. The fans were dancing and singing. And they were chanting Rex's name. Rex had saved City from going down.

O Kevin Talbot veio apertar a mão ao Rex. "Você foi espantoso em campo," disse Talbot a sorrir.

Assim que o Rex e a equipa do City voltaram ao balneário, o Rex viu piscar o botão vermelho do seu telefone, o **REGRESSAR**. Premiu o botão.

Houve um clarão branco e os rapazes viram-se novamente no campo da escola.

"Não sejas exibicionista, Rex," gritou-lhe o Sr. Hill, enquanto o Rex fintava outro defesa e pontapeava a bola para a baliza iludindo o guarda-redes.

"Achas que estás a jogar para o United, é?" Perguntou o Sr. Hill bem alto.

"Não, Sr. Hill," exclamou o Rex, "Acho que me fico pelo City!"

Kevin Talbot came over and shook Rex's hand. "You were amazing out there," smiled Talbot.

As soon as Rex and the City team got back into the changing room, Rex saw the red **RETURN** button flashing on his mobile. He pressed it.

There was a flash of white light and the boys found themselves back on the pitch at school.

"Don't be too flash Rex," shouted Mr Hill, as Rex ran past another defender and whacked the ball past the opposing keeper and into the goal.

"Think you're playing for United, do you?" called Mr Hill.

"No, Mr Hill," Rex called back, "I think I'll stick with City!"

32